SUCCESSION

# P. L. ÉVERARD

## TABLEAUX MODERNES
## AQUARELLES

### Deuxième Vente

# CATALOGUE

DES

# TABLEAUX MODERNES

DÉPENDANT DE LA

## SUCCESSION DE M. P.-L. ÉVERARD

MARCHAND DE TABLEAUX

**A PARIS**

DONT LA VENTE AURA LIEU

HOTEL DROUOT, SALLE N° 1

**Les Vendredi 20 et Samedi 21 Mai 1881**

A DEUX HEURES.

COMMISSAIRE-PRISEUR

Me CHARLES PILLET,

10, rue de la Grange-Batelière.

EXPERTS

| M. DURAND-RUEL | M. J. HOLLENDER |
|---|---|
| 1, rue de la Paix. | 7, rue des Croisades (Bruxelles). |

*Chez lesquels se trouve le présent Catalogue.*

---

**EXPOSITIONS** { PARTICULIÈRE : le Mercredi 18 Mai 1881.
PUBLIQUE : le Jeudi 19 Mai 1881.

De une heure à cinq heures.

## CONDITIONS DE LA VENTE

Elle sera faite au comptant.

Les adjudicataires payeront *cinq pour cent* en sus des enchères.

Paris. — Typ. PILLET et DUMOULIN, 5, rue des Grands-Augustins

# DÉSIGNATION

---

## TABLEAUX MODERNES

### ACCARD

(C.)

1 — La Fête de la maman.

Haut., 25 cent.; larg., 50 cent.

### AGRASOT

(J.)

2 — Le Rendez-vous.

Haut., 20 cent.; larg., 14 cent.

### ANDRÉ

(ED.)

3 — Le Bouquiniste.

Haut., 35 cent.; larg., 26 cent.

## BAKALOWICZ

4 — Tête de page.

Haut., 54 cent.; larg., 40 cent.

## BAKALOWICZ

5 — Femme à la perruche.

Haut., 60 cent.; larg., 48 cent.

## BARON

6 — Les Premiers pas.

Haut., 22 cent.; larg., 16 cent.

## BARUCCI

7 — Montagnes du Tyrol.

Haut., 147 cent.; larg., 82 cent.

## BAUMGARTNER

8 — Le Retour de la chasse.

Haut., 52 cent.; larg., 36 cent.

## BAZZANI

9 — A la fontaine.

Haut., 70 cent.; larg., 52 cent.

## BAZZANI

10 — La Petite marchande de fleurs à Pompéi.

Haut., 70 cent.; larg., 50 cent.

## BERCHÈRE

11 — Une Halte dans le désert.

Haut., 34 cent.; larg., 46 cent.

## BEYLE

(P.)

12 — La Laitière.

Haut., 54 cent.; larg., 38 cent.

## BEYLE

(P.)

13 — Parure champêtre.

Haut., 53 cent; larg., 40 cent.

## BLAAS

(E.)

14 — Tête de jeune fille.

Haut., 30 cent.; larg., 23 cent.

## BOHM

(P.)

15 — Les Bohémiens.

Haut., 40 cent.; larg., 75 cent.

## BONIFAZI

16 — Tête de jeune berger.

Haut., 24 cant.; larg., 24 cent.

## BONIFAZI

17 — Tête de jeune fille napolitaine.

Haut., 24 cent.; larg., 20 cent.

## BONIFAZI

18 — Tête de jeune fille napolitaine.

Haut., 24 cent.; larg., 20 cent.

## BONIFAZI

19 — Tête de jeune fille.

Haut., 24 cent.; larg., 20 cent.

## BONIFAZI

20 — Tête de jeune garçon napolitain.

Haut., 24 cent.; larg., 20 cent.

## BONIFAZI

21 — Tête de jeune garçon italien.

Haut., 46 cent.; larg., 32 cent.

## BONIFAZI

22 — Tête de jeune garçon italien.

Haut., 46 cent.; larg., 32 cent.

## BONIFAZI

23 — Tête de jeune garçon italien.

Haut., 46 cent.; larg. 32 cent.

## BONIFAZI

24 — Tête de jeune fille italienne.

Haut., 46 cent.; larg., 32 cent.

## BONIFAZI

25 — Tête de jeune fille italienne.

Haut., 46 cent.; larg., 32 cent.

## BONIFAZI

26 — Tête de jeune fille italienne.

Haut., 46 cent.; larg., 32 cent.

## BONIFAZI

27 — Tête de jeune garçon italien.

Haut., 46 cent.; larg., 32 cent.

## BONIFAZI

28 — Tête de jeune garçon italien.

Haut., 46 cent.; larg., 32 cent.

## BONIFAZI

29 — Tête de jeune garçon italien.

Haut., 46 cent.; larg., 32 cent.

## BONIFAZI

30 — Tête de jeune fille italienne.

Haut., 46 cent.; larg., 32 cent.

## BONIFAZI

31 — Tête de jeune fille italienne.

Haut., 46 cent.; larg.; 32 cent.

## BONIFAZI

32 — Tête de jeune fille italienne.

Haut., 46 cent.; larg., 32 cent.

## BONIFAZI

33 — Tête de jeune berger.

Haut., 46 cent.; larg., 32 cent.

## BONIFAZI

(A.)

34 — Tête napolitaine.

Haut., 45 cent.; larg., 32 cent.

## BONIFAZI

35 — Tête d'enfant.

Haut., 24 cent.; larg., 20 cent.

## BONNEMAISON

36 — Paysage.

Haut., 65 cent.

## BOUCHARD

37 — La Laitière.

Haut., 1 m. 18 cent.; larg. 65 cent.

## BRACKELEER

(H. DE)

38 — Le Cabinet d'un savant.

Haut., 25 cent.; larg., 30 cent.

## BRELING
(H.)

39 — Le Mendiant.

Haut., 14 cent.; larg., 10 cent.

## BRELING
(H.)

40 — En Vedette.

Haut., 18 cent.; larg., 13 cent.

## BRELING
(H.)

41 — Une Fête champêtre.

Haut., 30 cent.; larg., 41 cent.

## BRILLAUD

42 — Pêches et raisins.

Haut., 37 cent.; larg., 46 cent.

## BRILLAUD

43 — Pêches et raisins.

Haut., 45 cent.; larg., 55 cent.

## BROWN

(J. LEWIS)

44 — Le Bivouac.

Gouache.

Haut., 38 cent.; larg., 55 cent.

## BROWN

(J. LEWIS)

45 — En reconnaissance.

Haut., 29 cent.; larg., 29 cent.

## BROWN

(J. LEWIS)

46 — Le Départ.

Haut., 41 cent.; larg., 32 cent.

## BRUNERI

47 — La Visite du médecin.

Haut., 33 cent.; larg., 24 cent.

## BURGERS

48 — La Fête à papa.

Haut., 78 cent.; larg., 46 cent.

## CAMPO

49 — Paysage italien.

Haut., 28 cent.; larg., 18 cent.

## CAMPO

50 — Paysage italien.

Haut., 28 cent.; larg., 18 cent.

## CARPENTIER

(E.)

51 — Tête de fantaisie.

Haut., 34 cent.; larg., 25 cent.

## CARPENTIER

(E.)

52 — Dans les blés.

Haut., 55 cent.; larg., 45 cent.

## CASANOVA

(A.)

53 — Sur le balcon.

Haut., 25 cent.; larg., 18 cent.

## CASTAN

(E.)

54 — Jeune femme italienne jouant avec ses enfants.

Haut., 27 cent.; larg., 22 cent.

## CASTAN

55 — Enfants cueillant des fleurs des champs.

Haut., 32 cent.: larg., 24 cent.

## CHARLEMONT

56 — Nature morte.

Haut., 1 m. 18 cent.; larg., 18 cent.

## CHARTRAN

57 — La Marchande d'oranges.

Haut., 1 m. 15 cent.: larg., 88 cent.

## CIPOLLA

58 — Le Chien savant.

Haut., 22 cent.; larg., 18 cent.

## CÉSAR DE COCK

59 — Le Moulin.

Haut., 48 cent.: larg., 68 cent.

## COESSIN DE LA FOSSE

60 — Les Politiques au Palais-Royal.

Haut., 48 cent.: larg., 72 cent

## COLLART

(MARIE)

61 — Le Tueur de cochons, effet d'hiver.

Haut., 41 cent.; larg., 32 cent.

## COMPTE-CALIX

62 — Pas le plus petit frère.

Haut., 53 cent.; larg., 72 cent.

## COMTE

(P. C.)

63 — Solitude.

Haut. 72 cent.; larg., 52 cent.

## COOMANS

(J.)

64 — Tête de femme algérienne.

Haut., 20 cent.; larg., 16 cent.

## COOMANS

(J.)

65 — Tête de jeune fille.

Haut., 46 cent.; larg., 37 cent.

## COOMANS

(J.)

66 — Le Débarbouillé.

Haut., 68 cent.; larg., 55 cent.

## COOMANS

(J.)

67 — En détresse.

Haut., 66 cent.; larg., 54 cent.

## COOMANS

(J.)

68 — Tête de jeune fille.

Haut., 46 cent.; larg., 37 cent.

## COROT

69 — La Maison de Corot à Ville-d'Avray.

Haut., 20 cent.; larg., 31 cent.

## COROT

70 — La Bûcheronne.

Haut., 13 cent.; larg., 9 cent.

## CORRODI

71 — Bords du lac Majeur.

Haut., 42 cent.; larg., 68 cent.

## CORTAZZO

72 — Le Violoniste.

Haut., 18 cent.; larg., 14 cent.

## DANSAERT

73 — L'Ouverture du testament.

Haut., 60 cent.; larg., 90 cent.

## DARGELAS

74 — La Récréation.

Haut., 28 cent.; larg., 35 cent.

## DE CONINCK

(P.)

75 — Jeune Italienne.

Haut., 78 cent.; larg., 59 cent.

## DEGROUX

76 — La Réforme.

Haut., 56 cent.; larg., 75 cent.

## DELPY

77 — Bords de l'Oise.

Haut., 44 cent.; larg., 80 cent.

## DIAQUE

78 — La Déclaration.

Haut., 34 cent.; larg., 25 cent.

## DREUX

(ALFRED DE)

79 — La Promenade au bord du lac.

Haut., 18 cent.; larg., 33 cent.

## DUEZ

(E.)

80 — Grandeur.

Haut., 1 m. 55 cent.; larg., 55 cent.

## DUEZ

(E.)

81 — Décadence.

Haut., 1 m. 35 cent.; larg., 55 cent.

## DUVAL

82 — Le Christ en croix.

Haut., 54 cent., larg., 92 cent.

## ERNST

83 — La Japonaise.

Haut., 60 cent.; larg., 40 cent.

## ESCOSURA

84 — Le Départ pour la promenade.

Haut., 6 cent.; larg., 6 cent.

## ETHOFER

(TH.)

85 — Sur la terrasse.

Haut., 48 cent.; larg., 27 cent.

## FERRARI

(G.)

86 — Mendiants arabes.

Haut., 29 cent.; larg., 30 cent.

## FERRARI

87 — La Prière.

Haut., 20 cent.; larg., 19 cent.

## FICHEL

88 — La Nouvelle Servante.

Haut., 14 cent.: larg., 10 cent.

## FICHEL

89 — Après le déjeuner.

Haut., 14 cent.: larg., 10 cent.

## GAISER

(E.-J.)

90 — Le Chanteur.

Haut., 36 cent.; larg., 31 cent.

## GAISER

(E.-J.)

91 — La Romance.

Haut., 36 cent.; larg., 31 cent.

## GILARDI

92 — Intérieur de cloître.

Haut., 30 cent.; larg., 22 cent.

## GUIGNET

93 — Les Buveurs.

Haut., 28 cent.; larg., 45 cent.

## GUILLEMIN

94 — Sur les falaises.

Haut., 16 cent.; larg., 21 cent.

## HAMZA

(J.)

95 — Le Repos du Modèle.

Haut., 48 cent.; larg., 31 cent.

## HOCKER

96 — Jeune fille portant un plateau de fruits.

Haut., 52 cent.; larg., 27 cent.

## HŒSSLIN

(G.)

97 — La Quenouille.

Haut., 40 cent.; larg., 24 cent.

## INCONNU

(GENRE DIAZ)

98 — Paysage.

Haut., 24 cent.; larg., 31 cent.

## INNOCENTI

99 — Le Chien savant.

Haut., 38 cent.; larg., 50 cent.

## JORIS

(P.)

100 — La Toilette.

Haut., 20 cent.; larg., 15 cent.

## JULIUS

(A.)

101 — Marins en ivresse.

Haut., 14 cent.; larg., 18 cent.

## KELLER

(A.)

102 — A la fontaine.

Haut., 18 cent.; larg., 15 cent.

## KLOMBEECK & VERBOECKHOVEN

103 — Paysage avec vaches et moutons.

Haut., 67 cent.; larg., 86 cent.

## KROMBERGER

104 — La Glissade.

Haut., 20 cent.; larg., 18 cent.

## KROMBERGER

105 — A travers la neige.

Haut., 34 cent.; larg., 25 cent.

## KUHL

106 — Chez l'antiquaire.

Haut., 1 m. 15 cent.; larg., 87 cent.

## LAMBINET

107 — Bords de l'Oise.

Haut., 88 cent.; larg., 1 m. 40 cent.

## LAMBINET

108 — Paysage.

Esquisse.

## LAMBINET

109 — Paysage.

## LAMORINIÈRE

(F.)

110 — Environs du lac de Genève.

Haut., 58 cent.; larg., 73 cent.

## LANDELLE

(CH.)

111 — La Sainte Famille.

Haut., 1 m. 35 cent.; larg., 98 cent.

## LAROCHENOIRE

112 — La Tentation.

Haut., 32 cent.; larg., 24 cent.

## LASSALLE
(L.)

113 — Le Lever du bébé.

Haut., 24 cent.; larg., 18 cent.

## LASSALLE

114 — Enfants donnant à manger à des lapins.

Haut., 24 cent.; larg., 18 cent.

## LASSALLE
(C.)

115 — Les Moissonneuses,

Haut., 45 cent.; larg., 54 cent.

## LASSALLE
(C.)

116 — Le Retour du bois.

Haut., 45 cent.; larg., 54 cent.

## LECADRE
(A.)

117 — Le Collier de perles.

Haut., 88 cent.; larg., 56 cent.

## LECADRE
(A.)

118 — Le Potiche.

Haut., 88 cent.; larg., 56 cent.

## LERAY

119 — Une Partie de canot.

Haut., 58 cent.; larg., 73 cent.

## LEVY
(H.)

120 — Odalisque.

Haut., 42 cent.; larg., 33 cent.

## LEVY
(E.)

121 — Paul et Virginie.

Haut., 1 m. 35 cent.; larg., 90 cent.

## LEVY
(E.)

122 — Le Nid.

Haut., 1 m. 60 cent.; larg., 1 m. 20 cent.

## LINDER

123 — La Petite Fleuriste.

Haut., 34 cent.; larg., 23 cent.

## LONZA

124 — La Déclaration.

Haut., 78 cent.; larg., 60 cent.

## LOSSON

125 — Soubrette.

Haut., 23 cent.; larg., 15 cent.

## LOSSON

126 — Tête de femme.

## LOVATTI

127 — Une palette contenant plusieurs sujets.

Haut., 23 cent.; larg., 15 cent.

## LOVATTI

128 — L'Amour sur le toit.

Haut., 35 cent.; larg., 20 cent.

## MANET

(E.)

129 — Poisson.

Haut., 81 cent.; larg., 65 cent.

## MARCHETTI

(L.)

130 — Au bois de Boulogne.

Haut., 25 cent.; larg., 35 cent.

## MARCHETTI

(L.)

131 — La Partie de canot.

Haut., 26 cent.; larg., 40 cent.

## MARCHETTI

(L.)

132 — Le Repos.

Haut., 60 cent.; larg., 43 cent.

## MARCOTTE DE QUIVIÈRES

133 — Paysage.

Haut., 38 cent.; larg., 52 cent.

## MARILHAT

134 — Camps arabes.

Haut., 19 cent.; larg., 26 cent.

## MARILHAT

135 — Environs de Smyrne.

Haut., 12 cent.; larg., 20 cent.

## MEI

(P.)

136 — Femme faisant un bouquet.

Haut., 30 cent.; larg., 19 cent.

## MENZLER

(W.)

137 — Tête de femme.

Haut., 13 cent.; larg., 9 cent.

## MENZLER

(W.)

138 — Tête de femme.

Haut., 13 cent.; larg., 9 cent.

## METZMACHER

139 — La Pêche à la ligne.

Haut., 50 cent.; larg., 30 cent.

## MILLET

(J.-F.)

140 — Tête de mort.

Haut., 34 cent.; larg., 60 cent.

## MICHEL

(G.)

141 — Paysage, temps d'orage.

Haut., 30 cent.; larg., 50 cent.

## MICHEL

142 — Paysage avec animaux.

Haut., 38 cent.; larg., 47 cent.

## MOUCHOT

143 — Les Bords du Nil.

Haut., 54 cent.; larg., 1 m.

## MUSIN

(A.)

144 — Effet d'hiver.

Haut., 45 cent.; larg., 74 cent.

## MUSIN

(F.)

145 — Marine.

Haut., 53 cent.; larg., 1 m.

## MUSIN

(F.)

146 — Plage aux environs d'Anvers.

Haut., 53 cent.; larg., 1 m.

## MUSIN

(A.)

147 — Marine.

Haut., 53 cent.; larg., 1 m.

## MUSIN

(A.)

148 — Marine.

Haut., 53 cent.; larg., 1 m.

## MUSIN

(AUG.)

149 — Dordrecht (Hollande).

Haut., 30 cent.; larg., 50 cent.

## NIEZKY

150 — Méditation.

Haut., 41 cent.; larg., 25 cent.

## PÉRAIRE

(P.)

151 — De Nogent à Petit-Brie.

Haut., 30 cent.; larg., 59 cent.

## PERBOYRE

152 — La Feuille de route.

Haut., 32 cent.; larg., 33 cent.

## PERBOYRE

153 — Garde de Paris à cheval.

Haut., 22 cent.; larg., 18 cent.

## PINCHART

154 — Le Masque.

Haut., 75 cent.; larg., 53 cent.

## PITTARA

155 — Le Marché aux chevaux.

Haut., 32 cent.; larg. 24 cent.

## PITTARA

156 — Le Messager italien.

Haut., 59 cent.; larg., 1 m.

## PITTARA

157 — Le Repos dans les bois.

Haut., 18 cent.; larg., 28 cent.

## PLASSAN

158 — La Joueuse de mandoline.

Haut., 15 cent.; larg., 11 cent.

## PLASSAN

159 — La Petite bouquetière.

Haut., 15 cent.; larg., 10 cent.

## PLASSAN

160 — L'Artiste.

Haut., 16 cent.; larg., 13 cent.

## PLASSAN

161 — La Toilette.

Haut., 20 cent.; larg., 14 cent.

## POILLEUX SAINT-ANGE

162 — La Fille de Charlemagne.

Haut., 1 m. 45 cent.; larg., 1 m.

## POËTZELBERGER

163 — La Correspondance.

Haut., 33 cent.; larg., 25 cent.

## REYNAUD

164 — Le Repos.

Haut., 55 cent.; larg., 38 cent.

## RAMOS

(GARCIA)

165 — Les Saltimbanques.

Haut., 36 cent.; larg., 24 cent.

## RAMOS

(GARCIA)

166 — La Promenade en gondole.

Haut., 23 cent.; larg., 40 cent.

## RAMOS

( GARCIA )

167 — La Gare de chemins de fer à Rome.

Haut., 23 cent.; larg., 40 cent.

## ROBERT

( L. )

168 — Les Moissonneurs.

Haut., 29 cent.; larg., 40 cent.

## ROMAKO

169 — Pifferaro.

Haut., 90 cent.; larg., 50 cent.

## ROUGERON

( J. )

170 — Andalouse.

Haut., 80 cent.; larg., 65 cent.

## RUBENS

(SANTORO)

171 — La Grotte des Bohémiens.

Haut., 64 cent.; larg., 1 m. 10 cent.

## RUBENS

(SANTORO)

172 — La Grande mer à Capri.

Haut., 64 cent.; larg., 1 m. 10 cent.

## RUBENS

(SANTORO)

173 — Abbaye de Saint-Grégorio.

Haut., 51 cent.; larg., 31 cent.

## RUBENS

(SANTORO)

174 — Zingari.

Haut., 51 cent.; larg., 31 cent.

## RUBENS

(SANTORO)

175 — Environs de Capri.

Haut., 52 cent.; larg., 74 cent.

## RUBENS

(SANTORO)

176 — Tête de Bohémienne.

Haut., 66 cent ; larg., 42 cent.

## SAUNIER

(N.)

177 — La Promenade au jardin

Haut., 60 cent.; larg., 42 cent.

## SCHACHINGER

(G.)

178 — Tête d'enfant.

Haut., 34 cent.; larg., 27 cent.

## SCHLEICH

179 — Le Retour de la chasse.

Haut., 9 cent.; larg., 21 cent.

## SCHLEICH

180 — Le Départ pour la chasse.

Haut., 9 cent.; larg., 21 cent.

## SCHLEICH

181 — Le Laveur.

Haut., 18 cent.; larg., 30 cent.

## SCHREYER

182 — En reconnaissance.

Haut., 77 cent.; larg., 40 cent.

## SCHUTZ

183 — Marine.

Haut., 44 cent.; larg., 81 cent.

## SCHUTZ

184 — Marine.

Haut., 20 cent.; larg., 81 cent.

## SCHUTZENBERGER

185 — La Leçon de chant.

Haut., 62 cent.; larg., 52 cen .

## SEIFERT

(A.)

186 — Tête de femme fantaisie.

Haut., 20 cent.; larg., 15 cent.

## SEIFERT

(A.)

187 — Tête de femme fantaisie.

Haut., 20 cent.; larg., 15 cent.

## SEIFERT

(A.)

188 — Tête de jeune fille.

Haut., 20 cent.; larg., 15 cent.

## SEIFERT

(A.)

189 — Tête de femme.

Haut., 17 cent.; larg., 13 cent.

## SEIGNAC

190 — La Réprimande.

Haut., 52 cent.; larg., 72 cent.

## SIMONI

191 — Les Indiscrètes.

Haut., 49 cent.; larg., 36 cent.

## SIMONI

192 — Femme regardant un tableau.

Haut., 24 cent.; larg., 18 cent.

## SIMONI

193 — Vue d'Italie.

Haut., 6 cent.; larg., 12 cent.

## SORIO

194 — Rêverie.

Haut., 1 m. 40 cent.; larg., 80 cent.

## SOYER

(P.)

195 — Le Déjeuner.

Haut., 35 cent.; larg., 29 cent.

## SPIRIDON

(J.)

196 — Le Déjeuner interrompu.

Haut., 49 cent.; larg., 60 cent.

## SPRINKMANN

197 — Soubrette.

Haut., 30 cent.; larg., 20 cent.

## STETZNER

(H.)

198 — L'Amateur de gravures.

Haut., 35 cent.; larg., 26 cent.

## TAPIRO

199 — Le Marché.

Haut., 78 cent.; larg., 60 cent.

## TCHERKASKY

200 — Nature morte.

Haut., 48 cent.: larg., 60 cent.

## THORS

201 — Paysage avec mare.

Haut., 48 cent.; larg., 75 cent.

## VANNUTELLI

202 — L'Innocence

Haut., 35 cent.; larg., 40 cent.

## VENNEMAN

(ROSA)

203 — L'Atelier de l'artiste.

Haut., 52 cent.; larg., 61 cent.

## VENNEMAN

(ROSA)

204 — Vaches au repos.

Haut., 40 cent.; larg., 60 cent.

## VENNEMAN

(ROSA)

205 — Vaches au pâturage.

Haut., 40 cent.; larg., 60 cent.

## VERBOECKHOVEN

206 — Moutons et agneaux.

Haut., 14 cent.; larg., 18 cent.

## VERNET

(H.)

207 — La Prise de Rome.

Haut., 33 cent.; larg., 35 cent.

## VERNIER

(E.)

208 — Le Retour de la pêche.

Haut., 25 cent.; larg., 40 cent.

## VERNIER

(E.)

209 — Cabines de baigneuses à Saint-Adresse.

Haut., 41 cent.; larg., 68 cent.

## VERNON

(P.)

210 — Bords de l'étang.

Haut., 38 cent.; larg., 55 cent.

## VERNON

(P.)

211 — Paysage.

Haut., 38 cent.; larg., 55 cent.

## VERNON

(P.)

212 — Forêt de Fontainebleau.

Haut., 64 cent.; larg., 92 cent.

## VERTUNNI

(A.)

213 — Paysage et marais.

Haut., 1 m. 10 cent.; larg., 62 cent.

## VERTUNNI

(A.)

214 — Vue dans les marais pontins.

Haut., 73 cent.: larg., 1 m. 47 cent.

## VERTUNNI

(A.)

215 — Environs de Florence.

Haut., 20 cent.; larg., 50 cent.

## VERTUNNI

216 — Paysage, effet du soir.

Haut., 29 cent.; larg., 59 cent.

## VERTUNNI

217 — Paysage, effet du matin.

Haut., 59 cent.

## VINEA

(F.)

218 — Un seigneur.

Haut., 28 cent.; larg., 20 cent.

## VINEA

(F.)

219 — Dans les bois.

Haut., 38 cent.; larg., 31 cent.

## VINEA

(F.)

220 — Le Buveur.

Haut., 78 cent.; larg., 13 cent.

## WALHBERG

221 — Ramasseurs de varech à Dieppe.

Haut., 61 cent.; larg., 96 cent.

## WALHBERG

222 — Le Jeu de croquet.

Haut., 58 cent.; larg., 90 cent.

## WEBER

( R. )

223 — Jeune femme portant des fleurs.

Haut., 20 cent.; larg., 15 cent.

## WEBER

( TH. )

224 — Marine. Pilote d'Ostende.

Haut., 46 cent.; larg., 33 cent.

## WEBER

( TH. )

225 — Marine, le Bout de l'estacade.

Haut., 46 cent.; larg., 33 cent.

## WELSCH

226 — Paysage, soleil couchant.

Haut., 54 cent.; larg., 1 m. 25 cent.

### WENGLEIN

(J.)

227 — Vaches à l'étang.

Haut., 26 cent.; larg., 45 cent.

---

## AQUARELLES

### ALBERTI

228 — Femme à l'éventail.

Aquarelle.

### ALT

229 — Vue de Siéna.

Aquarelle.

### BARTOLINI

230 — L'Adoration.

Aquarelle.

## ROSA BONHEUR

231 — Moutons au repos.

Dessin.

Haut., 19 cent.; larg., 24 cent.

## COLEMAN

232 — Paysage.

## CAMPOTOSTO

233 — Les Deux sœurs.

Aquarelle.

## CANELLA

(A.)

234 — Départ pour la chasse.

Aquarelle.

## CORELLI

(A.)

235 — Sentinelle arabe.

Aquarelle.

## DECAMPS

236 — Le Chasseur.

Dessin à l'encre de Chine.

## DIDIONI

237 — La Couseuse.

Aquarelle.

## DOMINGO

238 — Portrait de Goya.

Dessin à la mine de plomb.

## DOMINGO

239 — Portrait.

Dessin au rayon.

## DOMINGO

240 — Portrait du général.

Aquarelle.

## FERRAGUTTI

241 — Portrait d'un jeune page.

Aquarelle.

## FORTUNY

242 — Portrait.

Dessin à la plume.

## GIGNOUX

243 — Paysage.

Aquarelle.

## GIGNOUX

244 — Paysage.

Aquarelle.

## GIGNOUX

245 — Paysage.

Aquarelle.

## GIGNOUX

246 — Paysage.
Aquarelle.

## ISRAELS
(J.)

247 — Le Retour à la maison.
Dessin à la plume.

## ISRAELS
(J.)

248 — La Tricoteuse.
Aquarelle.

## MARCELLO

249 — Femme turque.
Aquarelle.

## DE NITTIS

250 — Boulevard Haussmann.
Aquarelle.

## PASINI

(A.)

251 — En vedette.

Aquarelle.

## PASSINI

251 *bis* — La prière.

Aquarelle.

## ROBERT FLEURY

252 — Porte-étendard.

Aquarelle.

## ROUNET

(BOZIOT)

252 *bis* — Italienne.

Aquarelle.

## SIMONETTI

253 — La Cueillette des oranges.

Aquarelle.

## SIMONETTI

254 — La Lettre.

Aquarelle.

## SIMONETTI

255 — La Toilette.

Aquarelle.

## SIMONETTI

256 — Paysanne italienne.

Aquarelle.

## SIMONETTI

257 — Le Bûcheron.

Aquarelle.

## SIMONETTI

258 — Le Guerrier.

Aquarelle.

## SIMONI

259 — Le Marché.

Aquarelle.

## SIMONI

260 — Entrée de ville.

Aquarelle

## SIMONI

261 — Confidence.

Aquarelle.

## TAPIRO

262 — Le Joueur de mandoline.

Aquarelle.

## TAPIRO

263 — Torréador.

Aquarelle.

## TAPIRO

264 — Arabe.

Aquarelle.

## TARENGHI

265 — Un Page.

Aquarelle.

## TRAYER

266 — La Leçon.

Aquarelle.

## TUSQUETS

267 — Les Brigands.

Aquarelle.

## TUSQUETS

268 — La Bergère.

Aquarelle.

## VERNET

269 — Mazeppa.

Gravure d'après Horace Vernet.

## VOLLON

270 — Marine.

Dessin.

## VOLLON

271 — Marine.

Dessin.

## VOLLON

272 — Marine.

Dessin.

## VOLLON

273 — Paysage.

Dessin.

# MARBRES

## BARZACHI

274 — Phrynée devant ses juges.

## BARZACHI

( T. )

275 — L'Enfant au chien.

## COYZEVOX

276 — Le Joueur de flûte.

Bronze.

277 — Sous ce numéro seront vendus des chevalets, des loupes et des porte-aquarelles.

www.ingramcontent.com/pod-product-compliance
Ingram Content Group UK Ltd.
Pitfield, Milton Keynes, MK11 3LW, UK
UKHW021005180726
13838UKWH00003B/1458

9 782329 33745